Leal Quevedo, Francisco, 1945-
    ¿De dónde vienen los perros? / Francisco Leal Quevedo ;
ilustraciones Rocío Parra Parra. -- Edición Mireya Fonseca Leal.
-- Bogotá : Panamericana Editorial, 2015.
    80 páginas : ilustraciones ; 22 cm.
    ISBN 978-958-30-5060-2
    1. Cuentos juveniles colombianos 2. Amistad - Cuentos
Juveniles 3. Perros - Cuentos juveniles 4. Mascotas - Cuentos
juveniles 5. Historias de aventuras I. Parra, Rocío, ilustradora
II. Fonseca Leal, Raquel Mireya, editora III. Tít.
Co863.6 cd 21 ed.
A1514958

        CEP-Banco de la República-Biblioteca Luis Ángel Arango

¿De dónde vienen los perros?

Segunda reimpresión, agosto de 2017
Primera edición, febrero de 2016
© Francisco Leal Quevedo
© 2016 Panamericana Editorial Ltda.
Calle 12 No. 34-30. Tel.: (57 1) 3649000
Fax: (57 1) 2373805
www.panamericanaeditorial.com
Tienda virtual: www.panamericanaeditorial.com.co
Bogotá D. C. Colombia

Editor
Panamericana Editorial Ltda.
Edición
Raquel Mireya Fonseca Leal
Ilustraciones
Rocío Parra Parra
Diagramación y diseño de cubierta
Rocío Parra Parra

ISBN: 978-958-30-5060-2

Impreso por Panamericana Formas e Impresos S. A.
Calle 65 No. 95-28. Tels.: (57 1) 4302110-4300355
Fax: (57 1) 2763008
Bogotá D. C. Colombia
Quien solo actúa como impresor
Impreso en Colombia - *Printed in Colombia*

Francisco
Leal Quevedo

¿De dónde vienen los perros?

Ilustraciones
Rocío Parra Parra

PANAMERICANA
E D I T O R I A L
Colombia • México • Perú

Era mediodía, bajo un ardiente sol,
cuando incontables palomas alzaron el vuelo.

En ese momento, pasaba por el parque
una larga y ordenada hilera de perros con su cuidador.

De pronto, él gritó:
—Romper filas.

Al instante, los canes obedecieron.
Corrieron hacia los cuatro puntos cardinales.

Jugaron un rato con los niños del lugar,
persiguieron pelotas y palos al vuelo;
creo que el lugar les gustó.

Luego, todos se metieron a la pileta,
incluido el cuidador;
estaban sucios a cual más;
algunos hasta cambiaron de color.

Se sacudieron, saltaron, se secaron.
Cuando de nuevo se escuchó una voz:
—Formación —gritó el cuidador.

En instantes armaron un pequeño batallón.
Y se alejaron, calle abajo, llevando el compás.
Iban contentos, como niños en una excursión.

Otro día, era casi noche,
los oí desde lejos, se fueron acercando.
Me asomé a la ventana;
no solo yo, todos los vecinos los mirábamos pasar.
¡Era un desfile multicolor!

Siempre formaban en el mismo orden.
Los había grandes, medianos, pequeños,
blancos, negros, marrones, grises,
con una mancha, con varias,
peludos, rapados, a ras.

—Parecen perros de un circo —dijo alguien.

Entonces los conté por primera vez; eran doce.
Se acostaron juntos, en una espiral;
en el medio estaba él.
Era su protegido y a la vez su protector.

Me acostumbré a ver, cada atardecer,
esa pequeña nube de canes,
que entraba al parque, en formación.

—¡Son todos tan diferentes! —exclamó un niño.

Y estaba en lo cierto.
No podían ser una sola familia de perros,
eran de muchas razas y mezclas.

¿Por qué estaban juntos?
¿De dónde venían?
¿Por qué eran andariegos?
¿Por qué tenían su cuidador?
¿Quién los había adiestrado para ir en formación?
¿Por qué iban siempre en ese orden?

Mi curiosidad era, día a día, mayor.
Entonces decidí averiguar.

Una tarde estaba en el parque
cuando la caravana volvió.
Me fui acercando, ninguno ladró,
todos me olieron, el señor me miró.

—¿De dónde vienen los perros? —le pregunté.

Sus ojos brillaron,
toda su cara sonrió,
tenía la boca entreabierta.
Él quería contarme su historia.

Buscamos una banca, cerca de la fuente,
con los perros alrededor, y él comenzó:

—Me llamo Nicanor…
Fui, por muchos años, maquinista de un largo tren de vapor.

—La locomotora, la 72, era una máquina poderosa,
reluciente, de doce ruedas vibrantes,
que escalaba altas cimas y descendía a abismos profundos.

A su paso, todos giraban la cabeza
para admirar cómo devoraba caminos,
mientras arrastraba su hilera de vagones.

Yo lucía entonces un gorro elegante
y un vistoso uniforme, de alamares
y dos hileras de botones brillantes.

En ese momento, Nicanor se puso de pie,
con la cabeza erguida y los hombros rectos.
Parecía tener en las manos un timón…
de ilusión.

Era feliz cuando conducía
esa enorme máquina que bufaba
sobre la carrilera; mientras lanzaba
fumarolas de vapor y carbonilla,
los vagones parecían una serpiente elástica,
pegada a los rieles.

Eran trece vagones en el convoy;
el primero, negro, pequeño, llevaba el carbón.

A continuación, los vagones de pasajeros,
unos lujosos, otros confortables y algunos sencillos.

En el centro iba el vagón restaurante,
decorado con cintas y globos de colores.

Luego seguían tres furgones de mercancías.

Al final iba enganchado uno grande,
especial, el vagón dormitorio
con las literas para los viajes largos.

No me perdía gesto ni palabra.
El narrador me había contagiado su pasión.

Las estaciones de las grandes ciudades eran enormes,
luminosas, esperaban el tren con alegría.

La de la capital era de una belleza
excepcional, con hermosas
columnas y estatuas.

Las de los pueblos
eran unas casitas primorosas,
de paredes blancas y tejas de barro,
y un corredor largo cerca de la vía.

En un cartelón relucía el nombre de cada una de ellas:
...Cachipay, La Capilla, El Ocaso, La Esperanza, Girardot...
Espinal, Chicoral, Gualanday, Buenos Aires, Ibagué...

—Eran cientos —agregó en voz baja.

Amaba todas las estaciones,
cada una tenía algo especial...
Las de tierra caliente eran bulliciosas y alegres...
Las de zonas frías eran ordenadas y tranquilas...
Las más coloridas estaban junto al gran río...

Yo guardaba silencio; él estaba sumido
en sus recuerdos.

Siempre la salida o llegada
de un tren era una fiesta,
Tucutuf, tucutuf, tucutaf.
Pif, piif, piiif.
UUh, uuh, uuh.

Y la nube de gente
en los muelles
y el chirrido
del frenazo final.

Aquel hombre continuaba
su relato con emoción:

—Me gustaban más las llegadas,
el andén se llenaba de sonrisas y abrazos.

Y me ponían un poco triste las partidas,
las manos y los pañuelos al viento decían adiós.
Pero sonreía luego, pues el tren que parte
siempre regresa.

Estaba feliz con aquella vida.
Quería que durara para siempre.

Pero un día todo cambió:
las máquinas poderosas se cansaron
y sus caminos de hierro se oxidaron;
se acabaron, para siempre, los trenes de vapor.

Los reemplazaron caminos de polvo,
carreteras asfaltadas,
autos, buses, camiones
y estaciones grises, todas iguales.

Los vagones fueron desenganchados
y abandonados sobre un arenal.
Las locomotoras se echaron a perder.
Las paradas quedaron desiertas.

El relato siguió entrecortado,
los ojos estaban húmedos y la palabra rota.
Yo guardaba silencio y esperaba.

El maquinista perdió el trabajo,
y con él, casi la razón.

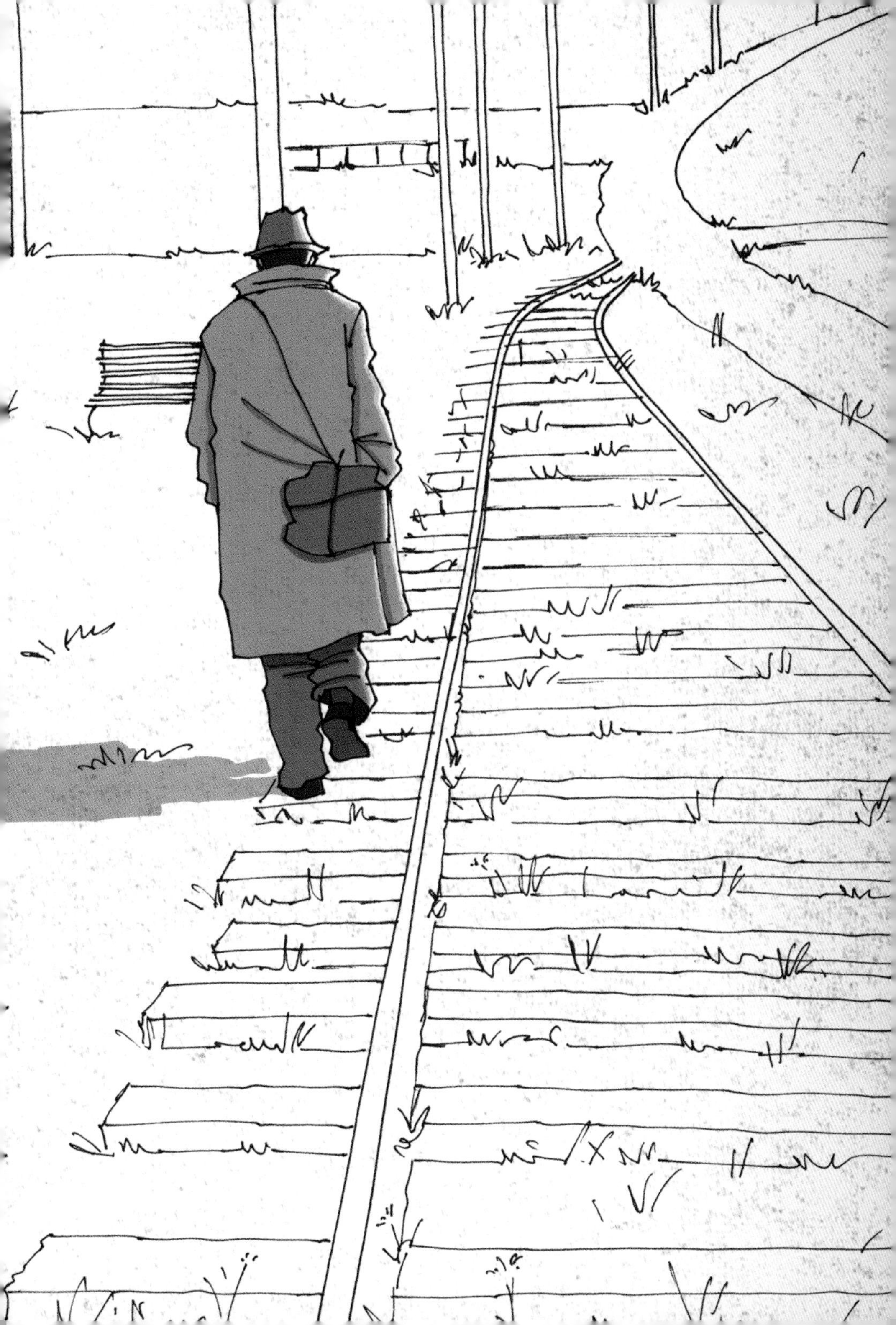

Caminaba, sin rumbo,
por las calles de la gran ciudad;
dormía donde me hallaba la noche,
con el cielo estrellado por cobija
y cartones como colchón.

Una noche dormí un buen rato,
cuando de pronto desperté,
y no pude dormir más.
Sentía muy cerca una presencia extraña.
En la oscuridad, resplandecían dos puntos blancos.

Al principio, solo vi unos ojos bajos,
grandes y fijos, luego una cola que se agitaba.
Y pegado a ella, un cuerpo peludo,
que saltaba de emoción.

Fue amor a primera vista —agregó.

Tenía el pelo corto, los ojos vivaces,
de altura mediana y las orejas paradas.

¿De qué raza es este perro? —me pregunté.

Pensé un rato y al fin comprendí:

Es de ninguna raza y de todas a la vez.

Es un perro criollo —dije acariciándole la cabeza.

Le ofrecí un sitio en esa cama de cartones.

Podíamos compartirla,
nos calentaríamos el uno al otro.
Esa noche hizo mucho frío,
pero ninguno de los dos lo sintió.

Amaneció.
Los dos nuevos amigos fuimos a buscar desayuno.

El olor maravilloso nos orientó,
el pan caliente olía bien y sabía mejor.
Y comer juntos aumentó el sabor.

¿Cómo te llamaré?

Buscaba un nombre que fuera tierno y fiero,
sonoro y corto, sereno y pendenciero.
Al fin lo encontré:

Tambor.
Al perro le gustó, agitaba su cola en señal
de aprobación.

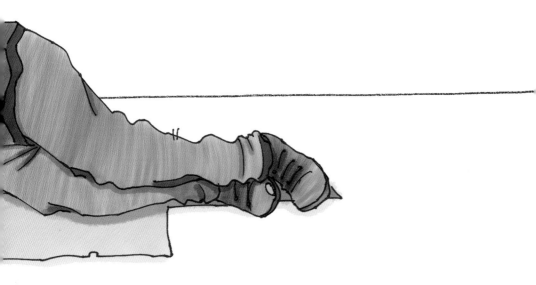

Una noche de vientos y lluvia una perrita se acercó.
Era su pelo tiznado y revuelto, aún olía a perfume.
Sobre su cuello lucía la marca de un elegante collar...
que ya no estaba. Sin duda había sido, hasta hacía poco,
la mascota de una señora elegante.

Era muy, pero muy pequeña esa perrita negra.

Te llamarás Gota.

Al principio no sabía comer sola.
Ni cruzar la calle...
y no dejaba dormir,
tenía miedo, le ladraba a la noche.

Pero pronto, junto a nosotros, aprendió valor.

Con los días la jauría fue creciendo.
Cuando llegaba uno nuevo,
siempre buscaba cómo llamarlo.
Así aparecieron, uno a una,
y recibieron su nombre:
Mancha, Fortuna, Muñeca,
Pirata, Fantasma, Colita,
Trompeta y Acordeón.

Y luego, en el invierno,
en una madrugada de niebla,
llegó un rottweiller,
con un bozal puesto;
imagino que estaba cansado
de ser el perro gruñón
de un vigilante, de aguantar
frío y ladrarles a las sombras.

Tú serás Polizón.

Una tarde, pitaban los autos,
un perro grande, un labrador galgo
se metía en las vías,
apostaba carreras con ciclas y motos.
Lo atraje con un pequeño banquete,
estaba flaco, muy flaco, se le veía el costillar.

Te llamarás Correlón.

Todos dormíamos juntos;
en las noches más frías estábamos más juntos aún,
tan entrelazados que parecíamos un ovillo.
Yo dormía tranquilo y feliz
en medio de mi gran familia.

Eran tantos que, cuando iban por la acera,
formaban una ola, que sacaba a los paseantes de la vía.
Entonces se me ocurrió caminar en formación.

—Poco a poco, con paciencia,
y con la ayuda de Mancha y Muñeca,
les enseñé a caminar uno detrás de otro,
en el mismo orden, sin perder la alineación.

Yo iba siempre adelante,
era de nuevo el maquinista de un largo y poderoso tren.
Bufaba y resoplaba:

—Tucutuf, tucutuf, tucutaf.

—Pif, piif, piiif.

—Uh, uuh, uuuh.

—Abran paso, aquí llega el tren de los
trece vagones —decía con voz potente.

Siempre los transeúntes miran y sonríen,
se toman fotos con ellos y conmigo
y luego caen sonoras monedas
en un tarro de hojalata;
y algunos billetes,
de vez en cuando.

Nicanor se veía
feliz de tener, al fin,
un buen oyente
para su extraña historia.

Ese día dieron varias vueltas por el parque,
mucha gente los miraba pasar;
estaban todos, los conté una y otra vez,
en su orden de formación:

Gota, Mancha, Fortuna, Muñeca, Pirata, Polizón,
Fantasma, Colita, Trompeta, Acordeón, Correlón y Tambor.

Les había llevado pan, chorizo y jamón;
les fui dando a cada uno una buena porción.

—Son doce —le dije.

—Son trece —respondió Nicanor.

—Son doce —insistí. Los he contado muchas veces.

—Son trece —insistió Nicanor.

—Son doce —repetí.

—Aquí hay doce, es cierto —aceptó Nicanor.

… Pero en mi cabeza y en mi corazón está Laico,
un lobo siberiano que fue mi mejor compañía durante
diecisiete años. El siempre marcha conmigo,
encabezando el pelotón.

—¿Entonces, de dónde vienen los perros? —pregunté de nuevo.

—Ahora de la calle,
pero antes de alguna casa,
donde tenían calor de hogar,
comida caliente,
cama con abrigo
y un niño dueño, o varios, para jugar.

Luego se quedó en silencio y de pronto añadió:
—Y vienen también de nuestros recuerdos.

Entonces comprendí de dónde vienen los perros callejeros:
de la calle de la vida y también del corazón.

Tambor

Muchos se preguntan cuál es su raza.

Unos lo llaman criollo, otros gozque, y los que se creen chistosos lo apodan gozquinés.

(Pero en este caso, no tiene nada de pequinés).

Lo cierto es que desciende de muchas razas a la vez.

Es un gegar colombiano.

Hace tiempo, un gran amigo de los canes criollos se puso en la tarea de conservar la raza de nuestro perro más común.

Buscó en pueblos y aldeas, le contaron interesantes historias, consiguió muchos ejemplares diferentes.

Con los perros que trajo organizó un criadero.

Parece que un ancestro lejano de esa camada acompañó, en su último viaje, al Libertador Simón, quien, es bien sabido, amaba los perros y los caballos.

Su ladrido es agudo, casi como un clarín.

Él es quien, cada madrugada, despierta a todo el grupo, llamando a formación.

Todos los otros perros le obedecen, aunque sean más fuertes y grandes.

Reconocen su antigüedad,
pues fue el primero en llegar.

Y ahora en la fila,
será siempre
el último en marchar,
cerrando la parada.

Gota

Es diminuta, como corresponde a una auténtica tacita de té.

Es totalmente negra, como un vagón de carbón. Por eso marcha inmediatamente detrás de Nicanor.

Él imagina que fue la mascota de una rica señora que vivía sola y solo tenía ojos para ella. Posiblemente creció entre cojines y solo comía trocitos suaves, sin hueso y nunca había conocido las pulgas ni el hambre. Miraba televisión y se asustaba cuando su dueña veía telenovelas y se llenaban de agua sus ojos al verla llorar.

Aburrida de esa vida de encierro; un día se escapó.

El mundo era fiero, los perros callejeros mostraban sus dientes, los autos frenaban casi encima de ella.

¡La vida era muy difícil afuera!

Una hora más tarde ya quería regresar...

Pero no encontró el camino, aunque lo buscó varios días. Un vagabundo le arrebató su fino collar, donde estaba la dirección de su casa.

Ella que fue tan limpia, perfumada y de pelo peinado, que comía *nuggets* y *muffins*, que reinaba desde un sofá, ahora adora los tachos de basura; se sube en las canecas a escarbar.

Sigue siendo elegante
debajo de ese
pelo fatal.
Está sucia...
y feliz.

Mancha

Es una french poodle, pero cruzada con ovejero.

El cruce le aumentó la altura, sesenta y cinco centímetros hasta la cruz.

Su pelo ganó aún más volumen; esa pequeña nube blanca tiene una gran mancha negra en el lomo.

Tiene su gracia al andar y saltar.

Era una de las estrellas de un circo, que quebró.

Allí saltaba en medio de un aro de fuego, según le contó a Nicanor un caminante que la reconoció.

—Con esa mancha no hay dos —afirmó.

Aprendió primero que el resto a hacer formación.

No perdía su sitio y seguía el paso del cuidador.

Gracias a ella, los otros lo hicieron rápido, por imitación.

Le gusta marchar y marcar el compás.

Pero también es la primera
en romper la alineación
para ir a saltar y jugar.

Fortuna

Es una weimaraner, muy, pero muy elegante.

De un color aceitoso y de ojos claros.

Fue importada de un lejano país, pues aquí hay muy pocos como ella.

—Debió costar una fortuna —dijo Nicanor el primer día que la vio.

Era la más vistosa del grupo.

Y muchos transeúntes le preguntaban si la quería vender.

Le ofrecían un buen precio. Lo pensó alguna vez, con ese dinero podía asegurar, por un buen tiempo, la alimentación del resto de la manada.

Y un adinerado señor insistía una y otra vez.

—La cuidaré muy bien, estará a salvo del hambre y el frío…

Nicanor dudaba, pero no se llegaba a decidir.

—Le daré una perrita o un perrito,
como prefiera, cuando tenga cría…

Ese ofrecimiento lo hizo dudar aún más.
Pero no tuvo corazón para hacerlo.

—Es ya una fortuna tenerla con nosotros
—dijo al negarse a venderla.

Además, en el grupo,
Fortuna se ve muy feliz.

Muñeca

Es una lulú de Pomerania, coqueta y vivaz.

Por donde pasa, los perros quedan lelos.

Y los peatones también.

Hace tantas piruetas que Nicanor imagina que, junto con Mancha, fue estrella de aquel circo que cerró.

Y que, a pesar de ser tan pequeña, era famosa, junto con elefantes y jirafas.

Él recuerda que llegaron al grupo la misma noche.

Además ella y Mancha son, desde el comienzo, amigas inseparables.

Aceptó muy pronto marchar en formación.

Sigue la hilera, pero de pronto quiere divertir a los que miran,
y da brincos de emoción, sin perder la alineación.

Antes usaba lazos de colores, en cabeza, patas y cuello.

Ahora luce al natural.

Se ve mejor así, sin duda,
con su belleza pícara.

Pirata

Es un bull terrier, de pelo blanco, con grandes manchas.

Tiene una grande y negra sobre el ojo derecho, que recuerda el parche tapaojo de un pirata tuerto, pero a él no le falta nada.

Estuvo un tiempo cojo de una pata trasera, cuando lo atropelló una bicicleta.

Y Nicanor le puso una venda, con una pañoleta negra que encontró en la calle.

Ahora luce fuerte y sano.

De andar sereno

Y de mirada altiva.

Muchos se ríen al verlo,

por su aire picarón.

—Pirata, pirata —dicen los transeúntes y él entiende.

Fantasma

Es fantástico, es un bulldog extraño, parece un ser de la noche.

—Un fantasma, un fantasma —dijo Nicanor la noche del primer encuentro.

Y a ambos el nombre les gustó.

Con ese pelo negro con manchas de color gris azulado, se pierde en las sombras.

Muchos transeúntes no lo ven hasta que se encuentran de frente con esos ojos que parecen flotar en el aire.

Una vez una anciana, que caminaba en la oscuridad, se asustó tanto al verlo aparecer en una esquina que se desmayó.

Él se acercó a lamerle el rostro; ella parecía en un sueño profundo; apenas respiraba, con dificultad.

Él solo se marchó cuando vio que se había recuperado.

Y aunque es tierno, tiene un aspecto fiero, con su mirada triste y su eterno babeo.

Colita

Es un hermoso dóberman.

Cuando Nicanor lo vio durante un atardecer de arreboles, le pareció extraño encontrar un perro adulto de esa raza, con la cola completa y las orejas sin cortar, al contrario de lo que entonces se usaba.

Se veía hermoso, con su apariencia natural.

Y como si supiera de qué se trataba, movía la colita para mostrar su rareza.

—Un dóberman así se ve genial —dijo un niño al verlo pasar.

Siempre bate la cola y para las orejas intactas cuando algo le emociona, lo cual sucede muy a menudo.

Hay gente que dice al verlo:

—¡Cómo éramos de tontos al hacerles esa operación!

Trompeta

Es una perrita salchicha.

De patas muy cortas y cuerpo largo como un tubo, que de pronto se abre en esa gran cabeza.

Al cuidador le pareció una trompeta.

Nicanor no olvida dónde la encontró.

Estaba abandonada. Tenía una herida profunda en medio de los ojos.

Cuando alguien se acercaba, ladraba con fuerza, tenía miedo.

Poco a poco ella aceptó que se acercara; le ofreció alimento.

Le puso al cuello un pañuelo de colores; le hizo curación.

A los pocos días estaba recuperada y ya saltaba de emoción.

Los niños la miran pasar, vistosa, con el pelo café profundo, con marcas de color de fuego, encima de los ojos, en el borde interior de las orejas, en el antepecho, en las partes interiores y posteriores de las extremidades, en los pies y la cola.

Y para sorpresa de todos, cuando corre, a pesar de sus patas cortas alcanza altas velocidades.

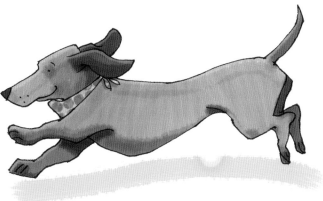

Acordeón

Es un sharpei sin mezcla.

Es joven aún, pues parece que le sobrara piel, en gran cantidad. Por ello, a Nicanor le pareció un acordeón, de esos que vio tocar a los músicos cuando el tren pasaba por tierras de gran leyenda musical.

En las noches más frías, es la estufita que, en el centro del grupo, irradia calor. Cuando el invierno es crudo, los otros, incluido Nicanor, se arriman a él, como niños en un refugio de guerra.

Una vez pasó un señor muy presumido. Se quedó mirándolo.

Y dijo, en voz muy alta, casi ordenando.

—Es mi perro, se me extravió hace un año.

—Recuerdo que tiene un lunar dentro de la oreja derecha...

Buscaron en medio de tanto pliegue y allí estaba esa señal tan particular.

—Puede ser una coincidencia —le dijo Nicanor.

—No es una coincidencia, es una marca personal —dijo el señor en voz aún más alta.

—¿No será común en esa raza? Habrá que mirar otros sharpei...

Acordeón sintió miedo,
seguramente su vida con él
no había sido buena.

Buscó protección
en las piernas del cuidador
y comenzó a ladrar, sin parar.

Los otros perros se unieron a él,
iniciaron un concierto de ladridos,
que no paró hasta que el señor
desistió y se fue,
para no volver nunca más.

Correlón

Cuando Nicanor lo descubrió, no tenía dueño ni hogar.

Apostaba carreras con las bicicletas, las motos y los autos.

—¡Parece loco ese galgo! —dijo un niño al ver que les ganaba.

Su pelo es blanco, con algunas manchas. Sus patas son muy largas.

Nicanor imagina que fue una estrella en el canódromo, pues cada zancada suya es un metro largo.

Dos veces se perdió por un día y luego volvió.

Come con ganas y hace ruidos con su lengua al tomar sopa.

Lame y relame el plato. Siempre le da doble ración.

—Nadie come tanto como un galgo —dice en voz alta.

Entonces los transeúntes ponen en el tarro unas monedas de más.

Polizón

Es un rottweiler, algunos transeúntes que no saben su nombre lo llaman Rottie, Rott o Weily.

Pero él responde mejor al nombre de Polizón.

Pesa unos cincuenta kilogramos, es macizo y ancho.

Muchos le tienen miedo por su robustez y por su aspecto fiero.

Pero son apenas las apariencias, él es amigable y bondadoso con los niños.

Siempre marcha en el centro del convoy.

Luego de su llegada al grupo, aparecieron carteles en el barrio.

—Recompensa. Extraviado.

Y estaba la foto, idéntica a él. Luego se veía una cantidad con muchos ceros.

Nicanor dudaba si debía entregarlo.

—Si se fugó, debe ser que quería un cambio.

Los avisos aparecieron dos veces más.

—¡Si pudiera preguntarle!

Lo observó varios días;
Polizón se veía a gusto y feliz.

Los carteles de recompensa
al fin dejaron de aparecer.

Laico

Fue un lobo siberiano, de porte majestuoso y llamativos ojos azules.

Nicanor siempre llevó su foto en una desvencijada cartera, hasta que se le perdió.

En los tiempos en que nació, una perrita rusa, llamada Laica, fue la primera criatura viviente que viajó al espacio y regresó viva.

Era la noticia mayor, en revistas y diarios. A ello se debe su nombre.

El perro recorrió este inmenso país, al lado derecho del maquinista Nicanor, mirándolo todo desde la misma cabina de la locomotora 72.

Su mirada azul y serena le recordaba a Nicanor una novia sueca, que alguna vez tuvo y a quien conoció en un tren.

Pero ella un día se fue hacia el polo norte y nunca volvió.

Durante un tiempo le enviaba cartas que aún guarda.

Cuenta que Laico fue su fiel compañero, hasta que ya fue viejo y cano.

—Su recuerdo es mi más fiel compañía.

Esa es la historia del invisible número trece.

Nicanor

Es alto, flaco, de caminar garboso, a pesar de los años.

Creo que se acerca a los ochenta. Mide ciento ochenta centímetros y pesa sesenta y tres kilogramos.

Una vez fue cantante de ópera, de poderosa voz. Aún le queda un poco, apenas un chisguete, que usa para animar la marcha y dar órdenes a su tropa.

Desde niño amaba la velocidad. Entonces los trenes eran más rápidos que los autos. Su primera locomotora iba a 20 kilómetros por hora, entonces le pareció lo máximo, pero cada vez fueron más rápidas y veloces. La última que condujo, la 72, iba a ciento veinte kilómetros, velocidad de vértigo sobre esos viejos rieles.

Los vagones de su tren, así como los perros de su batallón, iban en fila india, tras él, siguiendo la misma formación.

Primero va la negra Gota, como si llevara el carbón.

Mancha, Fortuna, Muñeca, Pirata, parecen los primeros vagones de pasajeros. Luego va Polizón, sólido y fuerte, como un vagón restaurante.

Le siguen Fantasma y Colita, como vagones de lujo.

Y al final, Trompeta, Acordeón y Correlón, parecen los contenedores de mercancías.

De último Tambor, como si fuera un supervisor.

Y finalmente

YO,

el escritor de esta historia de perros y trenes.

He tenido muchos animales de compañía. Mi primer cánido, casi perro, fue un zorro, atrapado en la montaña, que mi padre me regaló a mis siete años. Se llamaba Asís, a los pocos días huyó; la ciudad no era para él. Pero en mi memoria para siempre se quedó.

Luego fue Benjamín, gozque fiero, cruce de mil razas, que un día apareció en mi puerta con hambre y frío; luego de darle una sopa caliente no quiso abandonarme jamás. Me acompañó diez años.

Lo sucedió Morgan, cazador inglés, que a falta de zorros perseguía gorriones, sin atraparlos jamás.

Con el tiempo llegó una pequinés con mezcla, se llamaba Ketty, graciosa y cariñosa, que desapareció para siempre un día de brujas. Estuve tan triste que prometí que no volvería a tener perros.

Cuando la tristeza pasó, llegó un snauzer, llamado Ricardo, coincidencialmente con el mismo nombre que mi vecino y su hijo, quienes trinaron de ira al enterarse de que compartían el nombre con un perro, mientras yo me reía a más no poder.

Lo sucedió un elegante fox terrier, pelo de alambre con sus tres colores, de nombre Dalí. Valeroso, hasta ser temerario. Se enfrentaba a enemigos más grandes y fuertes, sin dudarlo.

Y muchos, muchos otros, cada uno muy especial; pero, si se los cuento todos, este libro tendría otras treinta páginas más.

Para terminar esta historia, aquí va una confidencia final:

Mi padre fue, en su juventud, maquinista de un largo tren de vapor, que bufaba y resoplaba cruzando las montañas de este bello país y, en mi infancia, y aún ahora, me encanta montar en trenes, lentos, rápidos y aun de alta velocidad.

Pero para volver a montar en un tren de vapor, y recordar a mis perros, he tenido que contarles a mis lectores esta historia.

Nicanor y sus trece perros han tenido una suerte extraordinaria. Quien los ha convertido en seres vivos, de inteligente mirada y diversas habilidades, es Rocío Parra Parra, diseñadora gráfica, quien además estudió Pintura, en L'Accademia di Belle Arti (en Florencia, Italia), durante cinco años.

Con su tez blanca, sus ojos claros y su abundante cabellera rubia, cualquiera pensaría que es alemana sin mezcla, pero es colombiana, nació en Tunja y estudió en Bogotá Ilustración y Diseño Gráfico, en la Universidad Jorge Tadeo Lozano.

Define su infancia como "feliz, pura y sana". De niña llenaba sus bolsillos de lombrices, gusanos, cucarrones y muchas otras maravillas que los adultos llaman "alimañas". Pero no tuvo mascotas ladradoras en sus primeros años, solo peces de colores, tortugas y pericos australianos. Y una coneja albina, Alessia, que aún vive en su recuerdo.

Y practicaba ciclismo y patinaje artístico.

Un día, un griego le leyó el té y le anunció: "Solo dos cosas necesitarás en la vida para ser feliz: un libro y alguien que te quiera". Resultó profético. Siempre hay un libro en sus manos, para leer o para ilustrar. Y ha encontrado en Gabriel Escobar, publicista, ese ser que la quiera. Ahora la pareja tiene dos hijos perrunos, Cósimo y Julia, dos elegantes galgos, de rancio pedigrí y tierna mirada. Cuando habla de ellos, sus ojos se iluminan y los demás nos contagiamos de su amor por los animales.

Se ha dedicado a viajar, diseñar, pero, sobre todo, a ilustrar libros para niños y grandes también. Ellos la han llevado hasta la Feria de Bolonia, el máximo evento en ilustración, como invitada, y se le han concedido varias menciones IBBY.

"¿Crees que los perros no irán al cielo?
Te digo, que ellos estarán ahí
mucho antes que cualquiera de nosotros".

Robert Louis Stevenson